万籟

網谷厚子

思潮社

万籟

網谷厚子

思潮社

目次

カバー絵＝福地 靖
扉絵＝髙田有大

万籟

網谷厚子

春奏

気配から　始まっている　黒々とした厚い雲が　質量を減らし　陽の暖かな色合いを　透き通らせる　風はまだ冷たくても　かすかに漂う土の香りが　乾ききった胸の奥に　じんじんと　水を湧かせる　迷い　嘆き　うずくまった　冷たい夜　はてしなく彷徨い　知らない街角自分の存在が　足元から消えていく　むなしさ　積み重ねてきた時間が　すべて無駄ではなかったと　微かな柔

らかい風が　頬をかすめる　連峰の裾野から　少しずつ雪が溶け出し　麓の小川に流れ込む　草原の　あちらこちらで　草花が芽を出していく　熱を帯びた土が　虫を目覚めさせ　小さな足を伸ばし　歩き出していく　生まれたばかりでも　生きる場所は知っている　きらきら輝き　石をなぜながら　大きな音をたてて　田畑の中を川が流れていく　山羊が幾頭も群れ　背中をすりあわせながら　野山を駆ける　その中に　もつれるように仔山羊が首を出している　山脈は　赤茶色から　いつの間にか明るい緑となり　あたり一面　うすぼんやりとかすんでいる　遠いところから　便りが届く　花の季節には　また会えますね　山の麓を　ふさふさと桜の花が色づきながら　囲んでいく　花の季節は短い　あの人は無事でいるだろうか　新しい教科書を開いたときのように　刷り

たての一日の　かおり　幾年重ねても　まっさらな　始まりが　巡ってくる　泥まみれで　夜を明かす人にも　無一文で　空腹の人にも　銃声や戦闘機の轟音　どこから飛んでくるか　わからない鉄砲玉に　脅える人にも　村や町　都会の空気までも　新しくなる　光

あらみたま

光の玉を跳ね上げながら　波が盛り上がり　砕けて泡立ち　薄く溶けていく　あちらから　こちらへ　とめどなく　風はいつも　遠いところから　やってくる　水底に沈んだ　たくさんの魂　生き物の骸にも　辿り着く場所がある　山原《やんばる》の緑　深緑　浅緑　緊密に繋り合い　灰色を塗り重ねた　重たい空から　太い雨が真っ白に　降り注ぐ　葉を打ちたたき　枝を揺らす　ばらばら落ちてく

る　水滴が　地面にいくつもの水たまりを作る　樹幹を伝い　木々を飛び回る　小さな生き物たちが　葉の陰で身を寄せる　金色に輝く蛹が　羽化して飛び回る　コバルトブルーの腹をねじり　魚が泳いでいく　激しい風が何日も吹き荒れ　真横に葉や折れた枝が飛んでいく　根をむき出しにして　木々が　ひっくり返っている　なされるがままに　焼け付く陽射しに　何日　何ヶ月も　打たれる　小さな足をすばやく動かし　生きる糧を　探している　啄んでいる　命を繋ぐために　死ななくてはならない　命もある　降り注いだ雨　湧き出す泉　草や岩間を流れ　太く縒り合わせられ　轟く　流れとなる　涸れることのない　水　枯れることのない　森　敗残兵がまだ彷徨っている　細い足で　水面を滑っていく　ヤンバルクイナ　身震いして飛沫をまき　森に帰っていく

浅い水の中で　無数にもつれ合うリュウキュウカジカガ
エル　傘のように空に広がるヘゴ　すっくと茎を伸ばし
小さな白い花を咲かせる　シマイワウチワ　香りは風に
掬われて　森の彼方が　突然光ると　生きているもの
死んだものの　ざわめく気配がする　甲高い声　ばたば
た羽ばたく音　ホーホー吠える声　枝や葉が　ざわざわ
遠くから　目覚めていく　大きく揺らぎ　やがて　森全
体が　躍り上がり　波立っていく　風の音　雨の音　水
の音　生き物たちの　命の限り振り立てる　声　高まり
合い　鳴る神の　音　響き

耳について

昔　耳がありました　という物語の　という物語の　という物語の　さらに奥へ　奥へ　雪洞のように　うっすら　二つの羽が　鱗粉を散らし　震えている　杉板の床に　骨ばかりの白い足を　きれいに畳んで　屠られるのを待っている　わたしは　壇ノ浦を見たことがありません　荒波に漕ぎ出した幾千の船から　真っ逆さまに落ちていく　直垂　甲冑　弓矢は　見えませんが　人々の

雄叫び　投げ捨てるように響く名乗り　女たちの甲高い
泣き声は　わたしの耳にいつも　聞こえてきます　遠近《おちこち》
の船の数だけ　潮騒にかき消されながら　命を取り合う
こと　勝った負けたの　その先にある　戦う人々の衣装
立ち居振る舞いの美しさ　負けることは　それで終わり
ではなく　物語の　さらに物語の　そのまた　物語を
様々な声色で　様々な琵琶の音で生み出していく　人々
の数だけ　物語が語られる　悲しかった　寂しかった
無念だった　長い時間をかけて築き上げた　栄華　が大
きく　きらびやかであればあるほど　一瞬で　消え去っ
た　虚ろの暗闇は深く　冷たい魂たちが　行き場なく
都の空を飛び交い　家々の軒端に滑り込む　最期の　そ
の一瞬　その一瞬を再び　味わい尽くすように　琵琶の
音に　魂たちの耳が　一斉に　引き寄せられる　低く

か細く　また　激しく弾かれる　琵琶の糸　女のような
高く澄み渡る声に　目覚めていく　音と声が重なった
わずかなすき間　魂の　新しい傷跡が　疼き　語られる
ことでは語り尽くせない　真実　もう一度　いや　何度
でも　泣くだろう　足音もなく　近寄り　雷となって落
ちてくる　声　魂に　二つの羽が引きちぎられ　流れる
温かいものに　濡れながら　彼は　そろそろ　歩き始め
る　中空で啜り泣きが　竜巻のように轟く　彼方　もっ
とある　何かある　彼の傷跡を嘗めるように　何万もの
耳が　集まってくる

万籟

爪先立ちで　枯れ草の上を　くねりながら滑っていく
わたしは　人ではない　蛇なのだ　人では生き通すこと
ができない場所なら　地中深く　さらに　押し広げて
穴を掘る　蔓草を編み上げ　器や服を作り　バナナの葉
で寝床を作る　一杯の焼酎が飲みたい日には　穴から顔
を出し　茂る葉の隙間から　月の光を浴びる　鋭く何重
にも重なり合う音が　耳を覆う　激しい　ときに息のよ

うにかすかな　音に　髪　髭までも揺らせて　敵は　どこから湧いてくるかわからない　立派にお国のために戦います　人々が旅立った波止場　飛行場　旗を振って見送ってくれた人々の姿　骨となっても　帰れない　ということがあるはずがない　いつかは　きっと帰れる　もう何日も　何ヶ月も　銃声がしない　赤い陽が上り　陽が沈む　月が傾く角度を計る　時間は確実に流れているのに　まるで　止まったかのように　幼い頃に教わった歌を口ずさむと　いつでも故郷にいる　「あれ　無事に戻ってこられたの？」近所のおばさんが驚いて立ち止まる　「いいえ」と答えようとして目が覚めた　前ぶれもなくスコールが　穴の隙間から　叩きつける　鼠が足を滑らせて　胡座をかいた足の上に落ちてきた　また一日生きられる　死ぬのは　いつでも死ねる　腰に差した短

刀を握る　生きるのは　そういかない　孤独は慣れる
どんなに時間はかかっても　ひとりの身を養うのに　必
要な糧は　少ない　腹一杯は贅沢で　たまにしか　そん
な日はやってこない　目を閉じて耳を澄ます　数え切れ
ない生き物たちが　蠢き　命の限り　鳴いている　様々
な樹木の葉が　擦れ合い　時に吠えるように響き　風が
流れる方向へ　うねりながら　空に立ち上り　消えてい
く　わたしも　木の葉一枚の命　抱きしめて眠る

荒城

燭台の火が　躍り上がる　横に震える　光に照らされて
天井に咲いた　無数の椿の絵が　赤を増す　暗闇から
人影があぶりだされる　また夜が来ました　甲高い声が
天井を伝って後からやってくる　浮遊する　人影　少し
ずれて　歌うように　すすり泣くように　流れてくる
いつも夜ですよ　あなたもわたしも　いなくなってから
ホホ　と二つの声が絡まって　互いに刺しぬいた刃を

身体の真ん中に　ぶらぶらさせている　どうして　どうして人は戦い　負けた方は　死ななくてはならないのでしょう　子や女まで　子々孫々　血が途絶えぬように何百年　何千年も生きてきたのに　一瞬で　燃え盛る炎に　次々と食べられて　ホホ　高く反り返って組まれた石垣　海を臨み　松が枝を広げている　王は　冠から垂れた宝玉を揺らし　悲しい恋の話を聞いている　決して実らぬ恋の行方を　深紅の漆の器に　ひたひたと酒を注ぎ　大きな　赤い月の光を　浴びながら　この世がいつでも　あの世になる　あっけないほどの　はかなさ　どこからでも敵は押し寄せる　初めからわかっていた　やがてすべてを失うこと　王は　背中を丸め頭を垂れるあなたもわたしも　王の腕の温かさを覚えている　確かにそうでしたね　ホホ　二つの笑い声が　重なり合い

少しずつ小さくなる　天井の椿の絵が　ポトリ　ポトリ
剥がれ落ちる　燭台の火が　吐息のように消えると　星
のない　暗い空が降りてくる　不揃いに敷き詰められた
石段の上　真っ赤に濡れている

神馬《しんめ》

空から光の粒が　ぽとりぽとり落ちてくる　それでも光の粒は枯れることがない　果てのない暗闇の静寂　どこかで生まれ　どこかで消え去るものもあるだろう　数値で表せても　想像の届かない距離　満天の輝き　煙る楼蘭の砂嵐のような　たなびく光の川となり　せつなく流れていく　戦世《いくさよ》にあれば　原始の時代からの奪い　奪われ　人の骸の　累累　勝者は　敗者となり　敗者は　勝

者となり　やがて　累累　戦は人同士とは限らない　突然地面からの激しい振動　裂ける大地　火を噴く山　そこここで上がる　阿鼻叫喚　飲み込まれていく人々　毎年供犠される　少女の清らな白い肉体　暴れる川の流れに　さらりと吸い込まれていく　大いなる神は　ときに醜く　恐ろしい姿で現れ　貪欲にすべてを持ち去って飽きることがない　お前たちは何をした　奪うばかりの所業の数々　壊すだけで子々孫々に残すものとてない負け続ける戦　首から血を滴らせる鹿の　まだ温かい匂うような体　おとなしく屠られた獣の　赤く澱んだ瞳盤にのせ　岩肌の彼方に祈る　小さな村の暮らしを守るため　合わせた手のひらが震える　戦に勝つことを祈って　神馬を奉る　たてがみと尻尾に純白の布を結ぶ　うつむいて足を上げ進むたび　布が風に翻る　鋭い眼差し

で　高木の密集する森の中を軽やかに歩く　死出の旅か
ら戻れるように　かすかな願いをかけた武者の　力強い
かけ声が木霊する　滝の下で　放たれたように　馬がく
つろぐ　馬の裸の背が　一瞬撓んで　馬が驚いて　顔を
上げる　木々が激しく　何度も揺れ　葉が広がるように
降ってくる　急がなくては　武者のひとりごとを　馬の
右の耳が捉える　社まで　あと少し　神を乗せて行く
馬の背が　汗で光っている

うたかた

キリスト教禁教令　髷を床にこすりつけ　声に打たれてから　鬼に　なるより他なかった　母上の手のひらの温かさを握りしめ　受洗した日　美しい賛美歌の調べ　鍵盤を伝う　バテレンの長い指　母上は　マリアのように微笑み　彼を抱きしめた　永遠に信じることを捨てられなかった　母上は　江戸屋敷の下に穴を掘り　白い大きな石に刻ませた十字に　祈った　子のために　音のない

深い空から　一筋　一筋　水滴のように　垂れ下がる
冷たい涙の　冷たい光　小さな島の　小さな身体を濡ら
した　藩主となったからには　沈黙したままの人々を
簀の子に巻き　海に投げ落とす　柱に縛りつけ満潮の海
で　溺死させる　汚れのない　強い人々の　眩しい意志
に　幾度も貫かれながら　彼もまた　幾度も死んだのか
もしれない　キリシタンでございます　と密告した　側
近の首を　自らの刃で切り落とした　またひとつ　と彼
は数える　自らの罪　使用人を何人も斬り殺した　妻
妻の　絹のように柔らかい魂が　密閉された屋敷の　到
底受け入れられない　いくつもの真実で　激しく狂い出
す　妻を悲しませるつもりはなかった　彼は　池の周り
を歩く　銀杏は幹を太らせ　天に枝を伸ばす　ますます
栄える　今を生き抜けば　きっと　魂も自由になれる日

が来る　藩主であること　キリシタンであること　子で
あること　彼は　荒々しく　桜の枝を手折る　巡る季節
もっと巡れ　巡って　巡って　甦れ　力尽きた　はかな
きものたち

天命

青い空を覆い隠し　矢が　しなりながら音立てて　飛んでくる　燃える玉が空から　真っ逆さまに降ってくる　重い　軽い　異物の質量に　鹿のように射抜かれ　打たれて　あっけなく　消えていく　幾千万の　命がある　奪われるために　生まれてきたのではない　見えない疫病が　人々の口　鼻　目から侵入し　皮膚　内臓に蔓延していく　風のように　人から人へ　敵はどこにでもい

る　ふるさとに帰るために　妻の笑顔にまた会うために
戦って戦って　生き長らえなければならない　身に幾本
もの矢を受け　腕をもぎ取られようと　足を引きずり
空腹に苛まれ　紫に煙る筑波の山を見るまでは　季節は
必ず巡ってくる　芽が吹き出し　純白の花を咲かせる
雁はまた北へ飛ぶ　蝶が柔らかな羽を広げ　かぐわしい
花の香りを渡る　風は　冷気をいつの間にか失い　ただ
爽やかに　頬を撫でる　幾度巡っても　いつも　胸のあ
たりが　ずきんと疼き出す　新しい旅の始まり　誰にで
も等しく　生きてさえいれば　人は戦うために生まれて
きたのではない　人を殺すために刃を持つのではない
泥水の中に倒れ伏すために　歩いてきたのではない　自
分の身を守るために　家族を守るために　戦っている
侵し侵され　安息のわずかな地を　得るために　倒れて

は　また起き上がり　ささやかな幸せが　永遠に遠い
幸せとは　なんだろう　力の限り戦って　名もない者の
一人として　異郷で息絶える　墓もなく　鳥についばま
れ　骸骨となり　風や雨に　洗われている　やがて　土
に埋もれていく　帰れない　ふるさと　幾千万の　魂と
ともに

忘骨

ごつごつした岩肌から　涙のように水滴が　とめどなく
落ちている　足下からも水が沁みだして　真っ暗な　さ
らに奥へと続く　洞穴　わたしたちはここにいます　戦《いくさ》
は終わりましたか　ばらばらにほどけていった　頭蓋骨
あばら骨　大腿骨　手足の指　骨は　石ころにはなりま
せん　こんな姿のまま　何十年も　沖縄のそこここで
陽の光を待っている　骨を拾う人々の意志が　暗い穴に

木霊する　日本列島から千キロ以上離れた硫黄島　一万数千の骨が　硬い地面の下へ下へと　金槌で叩いても叩いても　まだ出てこない　肉親の　さらに係累と呼べる人々の　震える腕流れ落ちる汗　老骨ばかりになって骨を探している　すべてが回収されるまで　戦は終わらない　死んだ人も　生きている人も　アジアの密林　激しい川が流れるところ　まだ　戦い続けていた人がいたかもしれない　誰の目に触れることなく　息を引き取り　猛禽類に肉を啄まれ　骨となった　もう誰も探さない　探しようのない　骨もあるだろう　やがて　日本列島　世界中が　忘れられた骨ばかりになる　小笠原諸島父島　甲板が見えた沈没船が　水にすっぽり覆われ　極彩色の魚が群れる　墜落したプロペラ機の残骸が　ゆっくり腐食していく　トーチカが草深い穴から顔を出す

幾万の　骨を置き去りにして　わたしたちは進む　確か
にあった　激しい戦　流された夥しい血　散らばったま
まの骨を忘れ　八月十五日って　何の日ですか　頭蓋骨
の目の窪みが　目覚めたように　朝陽をはじいている

あなたの声が聞こえる

白い衣の裾を靡かせて　あなたは　右の手のひらを上に向けて　ぐるり手前から向こうへ回した　導かれて　わたしは　開けられた門の中　楕円形に窪んだ　だだっ広いところに　吸い込まれる　汗ばんでいたシャツに　冷たい風が沁み込んでくる　人が命を終えるとき　どんな声を上げるのだろう　母は　掠れる激しい息づかいで号泣しているのだとわかった　開いた目に涙が溢れる

静かに眠るように　とはなかなかいかない　他国の　見たこともない人々が　武器を持って　襲ってくる　泥だらけで　よれよれの着物を引きちぎり　細い紐にして自ら首を絞める　自国の兵から渡された手榴弾を　あちこちで　爆発させる　飲めば死ねると　回された杯を一気に飲み干す　それでも　死にきれなかった人々の泣き叫ぶ声　喘ぎ声が　森を震わせ　群青色の海に　流れていく　あなたは　人差し指でまっすぐ　わたしの足下を指す　そこ　そこだったさあ　自分が　父親に首を絞められたのは　父親は　泣いていたさあ　泣きながら首を絞める手に　力をいれたさあ　桃色の肉片が　血しぶきとともに舞う　何百という村人がここに集まり　固い　意志そのものとなる　ここに集まらなかった　集まれなかった人も　追われるように家を離れ　釜と米を

細い肩に担ぎ　森の中を逃げ回った　真っ暗な中　川の
水で米を炊くと　茶色のご飯になっていた　気づかない
ふりをして　食べた　人々が流した涙　流した血の味は
どんなだったのだろう　あなたは　二つ並んだ碑文を
指さす　一つは本当　一つは嘘　ふふん　と鼻先で笑っ
た　死んだ人の数を　小さく見せて　今さらどうするの
さ　もう行かなくては　あなたはわたしを外に出し　閂
をかけた　真っ白の手のひらを　ひらひらさせてから
合掌した　あなたの姿が消えても　声だけが　檻となっ
て　わたしを閉じ込めている

＊渡嘉敷島で

天の龍

溢れ出る思いに　流されて　流されて　漆黒の泥濘から
青海原に　漂う　凍るような寂しさで　死んでしまう
生き物のように　いつかきっと　静かに死ねる　ときが
くるのだろうか　さようなら　さようなら　愛しい人
もう二度と会えないなら　生きていても　仕方のないこ
と　自分の身の丈　八尋　いつの間にか　こんなに醜悪
に　大きく膨らんで　愛おしい　かすかな　残り火も

消えてしまって　猛禽の鋭い眼差しで　視界に入るものを　射殺してしまう　何も許さない　何も許せない　わたし　という　どうにもならないものの　手触りも　少しずつ消えて　あんなに重く　わたしの身体を　切り刻んでいたものが　跡形もなく　溶けて　身体が軽くなりどこまでも　飛んでいけそうになる　波を尾で叩きつけ荒々しく　縫い上げていく　頭から水に潜り　ひらひら鱗が一枚一枚　開きながら輝く　冷たい水　温かい水がかき回されて　泡立っていく　どうしてもっと早く　こんな身体にならなかったのだろう　顎を大きく開き　声を吐き出すと　鋭い光が　塔のように立ち上り　轟音とともに　水面に落下する　弾ける光を　身体で受け止め身の丈　十尋　さらに　大きく　二度　三度　光に打たれ　喘ぐように　大きく口を開き　水の中から飛び上が

り　するする　空に昇っていく　青暗い暁の空に　棚引
く雲になる　まだ暗い　地上の木々の梢　芽が　ひとつ
ひとつ　目覚め始めている

生きる

海を渡ってきた風に　すっぽり包まれて　静かに瞼を閉じる　耳に注ぎ込まれる　叩きつけるような荒々しい武器を持たず戦う人々の声　ウグイスの鳴き声が　それらを覆うように　響いている　人が思い量ることのできるものには　限りがある　声高なものばかりが　遠くへ届く　高い石垣の向こう　そのまたはるか彼方　神も鬼も　敵も　鯨の背のように　黒い塊となって　浮かん

でいる　わたしたちの先祖は　どこから来たのか　何万年も前の　眠りから醒める　人骨　ばらばらに解けても今にも立ち上がろうとする　気配がする　幾十万もの屍を踏みしめて　わたしたちは生きている　幾十万もの人々の声に　打たれて　わたしたちは　生きている　すぐそこで　血飛沫が上がり　低い呻き声がする　茶色に濁った川は　瀬替えされ　美しい橋が架けられる　あるいは埋め立てられ　アスファルトで固められる　真っ暗な道には　電柱が立ち並び　灯りが点される　暗闇はよりその影を　濃くして　人々の家々に　滑り込んでいく　デジタル音声の　奇妙なイントネーションで　発車が知らされ　車内で　小さな画面を　親指で弾いている老若男女　親　子ども　画面から流れるもの以外　何も見ない　聞こえない　何も信じない　今もまだ　わたし

たちは　人々の悲しみの中にいる　在来種が駆逐され
何百年もかけて育ったものが　根こそぎ抜き取られる
古代の海底遺産が　土砂で埋め立てられる　どんなに時
間が経とうと　現実は色褪せない　確かにあったこと
子の　さらに子の　そのまた子へと　言い継ぎ　語り継
ぎ　わたしたちは　生きる

光河——「人は歳月の谷間へと下る*」

暗い空から　一粒一粒　光りながら　降りてくる　奥行きをもって　無数に　わたしたちの小さな背中に　森羅万象　万籟の囁き　草木の香り　ただ包まれて　紫色の月光に照らされて　わたしたちは山深く　歩いていく
歳月は巻き戻せない　わたしたち　ああすればよかった　こうすればよかった　深い谷の底に　とめどなく　吸い込まれて　湿った土の上に　次々座り込む　白い石筍の

ひとつひとつのように　まぶたを閉じて　手のひらを合
わせて　祈る　わたしたち　幸せだった　楽しかった
不幸せだった　悲しかった　終わることのない　戦争と
紛争　たくさんの人々を置き去りにした　革命と発展
人々の距離を遠ざける　豊かさと貧しさ　不平等と差別
は　わたしたちの病　歳月は巻き戻せない　狭い地球で
脅かされ　不安に苛まれる　きっと訪れる　災害に毎年
さらされ　住む場所を奪われる　いつも強いものだけが
すべてを独り占めする　それも一時　汚された水が　身
体の隅々に巡る　防ぎようもない疫病が　貧富老若男女
人類を　等しく苦しめる　歩いてきた歳月　謳歌した時
間を凌駕して　わたしたちは　汚れたこの場所から　立
ち上がるほかない　わたしたちは　わたしたちのために
祈る　今を生き　これからも生き続けられるように　身

体が硝子のように　透けていく　深海で　鮮やかに発光する　魚族のように　赤や青　黄　紫に輝いて　苦しげに口を開けて　迷いながら　弛みながら　連なって　幅広い河となる　谷から暗い空に　広がっていく

＊国木田独歩『小春』より、ワーズワースの訳詩

楼蘭

北緯40度31分　東経89度50分　座標軸が交わる　滑らかに盛り上がった山の上　うねり続け　動きやまない砂は形を変え　大きく膨らんで　永遠に生きる　魔物のように　湖を端から少しずつ嘗め続け　飲み干し　町を　一呑みにする　太陽が昇り　砂を一粒一粒焼き　沈んでいく　その残照が消えきらぬうちに　熱が冷めきらぬうちに　月が昇り　紫の濃淡の　つづれ織りを描き　人の影

の見えない　砂の山の彼方に　落ちていく　タクラマカ
ン砂漠の北東　どこにでも起こりうること　あったもの
が　跡形もなく　なくなることが　ただ起きただけで
ラクダが足を畳み　羊が丸く群れる市場　青い目　黒い
目　灰色の目の男たちが　いくつもの塊となって　物を
手にし　相手の胸の前に突き出す　獣の皮　敷物　ワイ
ン　仏像画を幾枚も広げる者もいる　ローマからやって
来た男　埃をたっぷり衣に染みこませ　深い髭を顔いっ
ぱいに生やし　足でステップを踏みながら　輝く玉の首
飾りを振り回す　世界中のものが集まる　北緯40度31分
東経89度50分　どうして運んだか　わからない　巨大な
仏像が　美しく彩られた寺院に　そこで生まれたかのよ
うに　立ち並ぶ　湖のほとりに　人々は憩い　王は　西
から　東からやって来る　大国に　息子たちを　人質に

差し出す　生き延びるために　それでも安心は　永遠に
遠い　大国の主が変わるたび　また　息子たちを　差し
出す　そうして何年も　一瞬かもしれない　その悦楽を
身に存分に纏いながら　国の人々は信じること　神の光
に包まれて　喜び笑いながら　日々を渡る　羊のバター
を作り　織物を織る　その一瞬　一瞬が　永遠と感じら
れる　北緯40度31分　東経89度50分　座標軸が交わる
赤茶けた砂の下から　人々のざわめきが　聞こえる

世界のどこかで

死ななくてよかった　聞こえない声で　叫んでいる　見えない涙を　流している　凍えそうな身体に　衣を幾枚も重ねて　それでも震えている　炎夏の都会を　黒々とした塊となって　人にまみれている　一粒　一粒の個体でありながら　固まって流れていく　死ななくてよかった　多くの亡霊たちが　辿り着く場所を　探している　迫り来る敵の　虜となるより　南海の崖の上から　父

母　姉　祖父　祖母が　まっすぐ　海の彼方を見て　飛
び降りていく　幼い子どもが　網膜に焼き付けた風景
真っ青な空から　消えていく　いとおしい影　いつまで
も　いつまでも　蘇る　痛み　暗い壕の中で　飛び散っ
た命もある　追いつめられ　手渡された手榴弾　武器な
ど　ひとつも持たなかったのに　北へ北へ　戦いの終わ
りも知らず　裸足で逃げ惑った　日々　ハブに噛まれ
銃声に怯え　村の人とも　はぐれ　真っ暗な古い墓の中
で　ただ　恐怖と飢えに耐えている　戦《いくさ》を知らない人々
の　知ろうとしない人々の　甘く軽やかで　残酷な想像
に　幾度も打たれている　本当の地獄は　これから　人
の痛みを知らない人が　人を裁き　動かしている　同じ
ことが　世界のそこここで　繰り返される　空からも
地上からも　襲ってくる爆弾　いつ終わるとも知れない

殺戮　業火に焼かれ　衣服がぼろぼろになるまで　鉄砲の弾で撃ち抜かれた　身体　家族が　ひとり　またひとりと　引きはがされていく　化学兵器の　人の肉体の中から腐らせる　脅威　人の命以上に　守るべきものはあるのか　死ななくてよかった　幾百　千万の亡霊が　土の中から　海の底から　蛍のように　飛び立っていく

群青

新たな詩人よ
嵐から雲から光から
新たな透明なエネルギーを得て
人と地球によるべき形を暗示せよ
（宮沢賢治「生徒諸君に寄せる」より）

君の長い睫毛に　光が　水滴のように止まっている　目覚めるまでの　僅かな時間　水をかき分ける手が　かすかに震え　大きな息をして　水面から飛び上がる　新しい朝　なにものでもない　君が　なにものかになろうとして　刻まれた　傷が　背中や腕に　薔薇のように広がっている　ふっくらした唇を開いて　君が世界に呼びかける　まだ目覚めていない　冷たい大気を伝わって　樹

木の一枚一枚の葉が　様々な角度で光を受け止め　はじき返す　風は　囁くようにかすかに流れ　つやつやした君の前髪を　ふんわり揺らす　今日　君は鳥となって仏蘭西まで　飛んでいくかもしれない　ねばつくような言葉の群れが　旅立ちへの甘い衝動をかき立てる　長い時間を経ても　錆びつかない　思い　深く下ろした錨はまだ　海深く　珊瑚にまみれている　静かな朝ばかりではない　幾匹もの龍が吠え続け　鱗を輝かせ　絡まり合いながら　空を暴れ回る　夜　樹木をなぎ倒し　蹲るようにかたまった集落を　跡形もなく呑み込む　水面が生き物のように盛り上がり　島を嘗めていく　何度も　しがみつくように　堪えていなければ　流されてしまうにちがいない　時間　ただ爛々と　目を見開き　見えるもの　聞こえるものを　震える身体に刻んでいる　君は

もっと　まみれるだろう　耳を開き　目を凝らし　世界の人々の　叫び声　何十年も深く　閉ざしてきた　悲しみ　消しようもない　傷跡に　宇宙から届く　幽かな粒子に　人体の緻密な均衡に　動物　植物が創り出す　多様性に組み込まれ　君もやがて　死ぬべき生き物であるという事実　科学は　美しい幾何学模様で　君の脳細胞を　刻々と　ブラッシュアップする　君の手のひらに降りてきたもの　君の見たこともない欠片を　すばやくすくい取り　編み上げていく　言葉　万籟の響きに　耳を洗われながら　君の朝が　疼き出す

涯《はて》のものがたり

鋭利な崖が　様々な方向を向き　繁茂する樹木の葉のように　ぴらぴら輝いている　いつか切り裂かれた　方形の夢の残骸　降り注ぐ雨が　幾重にも筋を引き　コンクリートの壁を　ためらいがちに流れ落ちる　耳を澄ましても　何も聞こえない　時が　止まったように　どんなものにも　必ずたどり着く　涯がある　小さな虫が　仰向けで　死んでいる　長い舌で絡め取る　イモリ　トカ

ゲ　それを　口を開けて丸呑みする　蛇　蛇が蛙に食べ
られることもある　兎　マングース　山羊　豚　人が人
の都合で持ち込んだものたちが　逃げだし　あるいは放
置され　生き延びていたりする　何億万年も　命を繋い
できたものが　ほんの一瞬でいなくなる　刻々と絶滅し
ていく　ものたちの　夥しい　欠片　粉となり　風に吹
かれてなくなるより早く　記憶から消えていく　確かに
あった　事実もいつまで残るだろう　大地を揺るがす地
震　灰と岩石を吹き出し　天に火柱を上げる山々　人の
生まれる前からの　風景　人が作り上げたものの　美し
さ　醜さ　永遠など　初めから存在しない　壊れる　壊
される　人の作為の　届かないところで　摩滅し　崩壊
する速さ　海の彼方から　膨らみ　立ち上がり　強固な
壁となり　生き物のように　襲いかかる　波　人を飲み

込み　水底へ引きずりこんでいく　ライブで報道する
傍観者の冷たい眼差し　ヘリコプターの轟音で　かき消
された　人々の叫び声　ここにいます　助けて　誰もい
なくなった　誰も住めなくなった　ふるさと　春夏秋冬
そして　春　さらに　その先へ　夢を紡いでいく　人の
涯　人もいなくなった　漆黒の明けない闇まで

花が降る

暖かな陽が　あなたを微笑ませる　そうでしたね　あんなことも　こんなことも　ありましたね　顔に刻まれた皺が　跳ねるように動く　天から垂らされた糸に　操られ　ゆらゆら　あなたが　腰を上げる　もう行かなくては　ほの暗い森に　吸い込まれていく　ひっきりなしに花が降り続き　地面は　うずたかく積もった花びらで見えない　津波に洗われた桜　老いて枯れ果てた桜　業火

にさらされ樹幹が焦げついた桜　無念だった　もう少しだった　まだ咲けただろうに　精一杯　開ききって　散りたかった　花が　桃色　緋色　その花びらの色で　蛍のように　輝きながら　風に流され　波のようにあなたを洗う　洗われるたび　あなたの身体が　桃色　緋色に染まり　あなたかどうか　もうわからない　身体はすっかり変わっても　思いはどうしても　消え去ることがない　あんなこと　こんなこと　遠浅の海を泳ぐ　最西端の島の岸壁に立つ　最南端の島を歩く　翳りのない太陽の　痛い光を浴びて　パッションフルーツが赤黒く熟し市場に並ぶ　マンゴーの甘い香り　シークワァーサータンカンの　ごつごつした質感　東シナ海の風を顔に感じながら　車でどこまでも行った　目を閉じると　いつでも　そこにある　触れられそうな　風景　耳を澄ませ

ば　聞こえてくる　波の音　冷たい風が吹きつけ　あなたは　頬を叩かれて　驚いて振り向く　薄汚れた捨て犬のように　都会の細く暗い裏道を　彷徨った　苦しかった　悲しかった　あんなこと　こんなこと　まっすぐ歩いてきた道が　うっそうと茂る樹木に　隠れて見えない　桃色　緋色の　あなたの身体が　暴風にさらされた葉のように　千切れそうになる　愛し　愛された　人との別れ　手のひらの温もり　声はまだ　耳の奥で　響いているのに　激しい一塊の風が　回りながら　小魚のように絡まり合い　上へ　上へ　あなたの身体を　すくい上げていく　あなたのいない　森に　音もなく　花が降る　桃色　緋色

戦世

一人の男が　まっすぐ　近づいてくる　長い距離を歩いてきたらしい　歩くたび　足が砂に沈んで　点々と　遙か彼方まで　続いている　肩には何本もの武器を担いでいる　ぶつかりそうになって　引き留めると　ばさっと束を地面に投げ出した　もう死んだ？　男がつぶやいた　まあだだよ　わたしは合い言葉のように答えた　首を一突きするには　青花刀　三叉や二叉も　いいだろう

ね　蛇牙は一度刺さったら抜けないよ　斧や鎌も　すばやく胴体を　まっぷたつ　使い方はお前さんの腕次第　武器を数えると　二十本ばかりある　重くないですかと尋ねると　これでも軽くなったのさ　戦があちこちで蛆のように湧いて　武器は奪い合い　誰が敵で　誰が味方かわからない　旗の下で集められた兵たちが　旗の色も忘れ　敵の兜をかぶっていたりする　たまたま　そこに生まれて区切られ　かき集められた　虜となっても殺されても　運良く生き残っても　地獄さ　また　新しい戦にかり出される　買うのか　買わないのか　男は急に怒って聞いた　わたしは　不二剣を　有り金はたいて買った　男は首からぶら提げた　羊の皮を剥いで作った袋に　無造作に投げ入れた　それを買うと思ったさ　この世が静かになったら　魚でも突くためだろう？　男は

わたしの答えを聞かず　武器を一抱えすると　肩に担いだ　背中を揺らせ　足跡を交互に砂に刻み　歩いて行った　敵でもない味方でもない　横たわった兵の間を縫って　集めた武器なのだろう　男の背中を　砂山にすっぽり隠れて　見えなくなるまで　見送った　同志との別れのように　もう金はない　敵だろうが　味方だろうが関係ない　骨肉以外奪い尽くす　戦うだけの世なら　獰猛な獣となって　生きていく

流離

影を長く　濃く　引きずって　輝く光の薄膜に吸い込まれていく　男か　女かわからない　小さな影は　子どもかもしれない　丸まった背中が　誰か　いとおしい人に似ている　死ぬ　その少し前まで　人は生きている　食べている　眠っている　話している　笑っている　怒っている　甘えている　種を蒔いている　花を摘み取っている　果実をむさぼっている　故郷を訪ねている　巡る

季節の　かすかな気配を　感じている　希望は　連峰の
雪解け水のように　山脈の湧水のように　次から次へと
溢れ　悲しみは　海馬の皺の奥から　ぽとりぽとり　零
れてくる　ひっそりと　隠されたものが　いつでも出番
を待っている　深い水に沈みこみ　たゆたいながら　時
間のあとさきも忘れたのに　思いだけが　たった今　傷
つけられ　流れた血のように　鮮やかに　吹きだしてく
る　それから　それから　そうして　こうして　あの人
も　この人も　どこ行った？　人が生きていることは
抱えきれない思いを抱き続け　歩くこと　失ったものを
探し続けること　身体の芯に　たまりたまった疲れを
いっとき癒す　椅子もなく　重い足をひきずり　まっす
ぐに　進み続けること　太陽が昇り　沈み　新しい一日
を数えたかと思うと　また　新しい一日が始まる　さあ

歩き出しなさいと　わたしの国も　言葉も　もうありません　アジアの小さな国が　大きな国に　何の前触れもなく絡め取られて　信じるもの　そのよりどころも　根こそぎ奪われた民が　彷徨うことで　また　取り戻そうとしているものがある　世界のどこかで　今までも　これからも　起こり得ること　心の真ん中で　鮮やかに刻まれた　故郷　森の獣たち　温かい笑顔の人々　いつでも　帰っていけそうな　声をかけられそうな　記憶は　褪せることがない　人の目を逃れ　山奥へ　懸崖へ　野山羊のように　走り伝い　岩を穿ち窪みを作る　一瞬で身を隠し　風となって　野山を渡る　生命　あるいは魂　そのものとなって　存在の気配を消して　生き続けるもの　他国との戦のために　駆り出された人々　死に場所は　どこになるのか　生きて帰ることを夢見て　人

であるから悲しい　人を殺めること　殺められること
命令一つで　指か引き金を引く　後戻りできない　戦場
という　命の汚し合い　世界のいたるところが　いつで
も戦場になり得る　武器を持たない人々も　声の限り
命の限り　戦い続ける　命に　重い　軽いがあるはずが
ない　わたしの国は　もうありません　言葉もなくなり
ました　故郷は　もう故郷ではありません　海鳴りが轟
き　嵐が　激しく大楠の葉を　打ち叩く　生きている
流れている　傷ついたままで

あとがき

花は盛《さか》りに、月は隈《くま》なきをのみ、見るものかは。
（『徒然草』第一三七段冒頭）
＊安良岡康作著『徒然草全注釈　下巻』角川書店参照

日本古典文学専攻の私は、多くの古典を「変体仮名」の写本で学んだ。日本語の助詞・助動詞の付属語の大切さに気づかされたのはこれによってである。教師になってからは、古来名文とされる『徒然草』第一三七段は、幾度となく声に出して読んできた。比類のない美しい流れに心奪われながら、若い頃は、やっぱり「満開」「満月」以外賞でるものはないと、固く思っていた。

しかし、年をとると、〈月並み〉かもしれないが、歩道に散り、少し湿った花びらの美しさに心揺さぶられ、薄く雲にぼやけながら、海から昇った月に、そこはかとない風情を感じるようになった。「満開」「満月」は一瞬でも、その前後は思いのほか長く、時間とともに流れる自然の風景、音、大気の温度には無限の変化がある。それを捉えるのは、人の心、五感なのだろう。

人の〈感性〉は、年齢や身が置かれた様々な状況、もしかしたら社会情勢等にびっくりするほど左右されるものなのかもしれない。

私の二度の〈島暮らし〉は、閉ざされていた私の〈感性〉を一気に解き放ったように思われる。一度目は、竹芝から一千キロの彼方、太平洋にぽつんと浮かぶ、小笠原村父島での三年間、二度目は沖縄の名護市字辺野古での一一年間である。お給料までいただいて、海で泳ぎ、離島をくまなく旅する生活は、私のちっぽけでからっぽだった人生を、信じられないくらいに豊かにしてくれた。父島でのことは第六詩集『天河譚──サンクチュアリ・アイランド』（二〇〇五年）、沖縄でのことは第七から第九詩集までの「沖縄三部作」、『瑠璃行』（二〇一一年）『魂魄風』（二〇一五年）『水都』（二〇一八年）として結実した。

朝六時三分の常磐線に乗り、都会に通勤する生活から解放され、〈自然〉の大きな〈鼓動〉に揺られながら暮らした、かけがえのない時間であった。恐ろしくも美しい〈自然〉の中で、人はただ生きていることを〈許された〉危うい存在であることを実感した。

いつも変わらない〈緑〉や色鮮やかな動植物に囲まれていると、たまに帰省したときの茨城の紅葉や落ち葉に、涙ぐみそうになったこともあった。〈自然〉が移ろうものであり、四季の巡る〈日本〉に生きていることの素晴らしさも、忘れてはならないと思った。

〈自然〉の囁きに耳をすませる生活から、「万籟」という言葉に巡り会った。

長い〈流浪〉の生活から茨城に戻ると、父母はすでに旅立ち、姿はどこにもなかった。ただ、今年も庭には、紅白の梅の花が咲き、李の枝が縦横に伸び、白い花をいっぱいに咲かせた。父母がまだ、私を暖めてくれているように感じた。

本詩集の所収詩は、「万河・Banga」「白亜紀」その他雑誌・新聞に発表・発表予定のもので、手を加え、改題したものもある。表紙絵は、高校時代の恩師であり、私の詩集の表紙絵・扉絵の多くを担当してくださっていた故福地靖先生の遺作からいただいた。扉絵は若き友人の髙田有大さんである。

四〇年以上にわたる「白亜紀」の皆様・詩友との刺激的なお付き合いに感謝申し上げたい。また、第二詩集からお世話になっている思潮社の皆様にも心から感謝申し上げたい。

夏の初めに

略歴　　網谷 厚子（あみたに あつこ）

1954 年 9 月 12 日　富山県中新川郡上市町生まれ。お茶の水女子大学大学院人間文化研究科（博士課程）比較文化学専攻単位取得満期退学。沖縄工業高等専門学校名誉教授。
「万河・Banga」主宰。「白亜紀」同人。日本現代詩人会、一般社団法人日本詩人クラブ・日本ペンクラブ、公益社団法人日本文藝家協会、茨城県詩人協会、茨城文芸協会等会員。

○詩集（以下すべて単著）
『時という枠の外側に』（国文社・1977 年）
『洪水のきそうな朝』（思潮社・1987 年）
『夢占博士』（思潮社・1990 年）
『水語り』（思潮社・1995 年／茨城文学賞）
『万里』（思潮社・2001 年／第 12 回日本詩人クラブ新人賞）
『天河譚――サンクチュアリ・アイランド』（思潮社・2005 年）
『新・日本現代詩文庫 57　網谷厚子詩集』（土曜美術社出版販売・2008 年）
『瑠璃行』（思潮社・2011 年／第 35 回山之口貘賞）
『魂魄風』(思潮社・2015 年／第 49 回小熊秀雄賞)
『水都』（思潮社・2018 年）
○研究書・解説書・評論集・エッセイ集
『平安朝文学の構造と解釈――竹取・うつほ・栄花』（教育出版センター・1992 年）
『続おじさんは文学通 1　詩編』(明治書院・1997 年　全解説執筆)
『日本語の詩学――遊び、喩、多様なかたち』（土曜美術社出版販売・1999 年）
『鑑賞茨城の文学――短歌編』（茨城大学五浦美術文化研究所・五浦文学叢書 2　筑波書林・2003 年／日本図書館協会選定図書）
『詩的言語論――JAPAN ポエムの向かう道』（国文社・2012 年／茨城文学賞）
『陽をあびて歩く』（待望社・2018 年）
『日本詩の古代から現代へ』（国文社・2019 年）他

万籟《ばんらい》

著者
網谷厚子《あみたにあつこ》
発行者
小田久郎
発行所
株式会社 思潮社
〒一六二―〇八四二 東京都新宿区市谷砂土原町三―十五
電話〇三（五八〇五）七五〇一（営業）
〇三（三二六七）八一四一（編集）
印刷・製本所
三報社印刷株式会社
発行日
二〇二一年九月一日